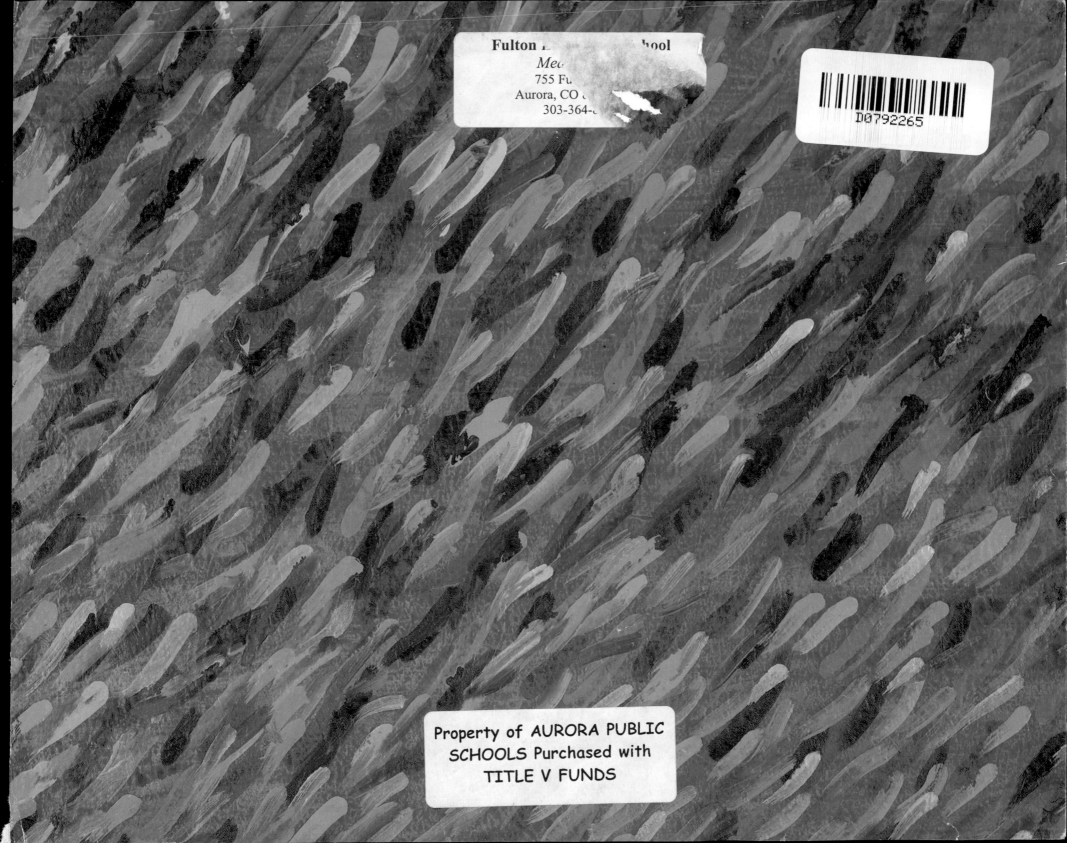

A Fred Rogers

¿EL CANGURO

Ann Beneduce, Creative Editor

The author and publisher thank Wendy Worth, Curator of Birds and Small Mammals, Zoo Atlanta, Atlanta, Georgia, for her advice and comments.

Eric Carle's name and signature logotype are trademarks of Eric Carle.

Library of Congress Cataloging-in-Publication Data
Carle, Eric.
    [Does a kangaroo have a mother, too? Spanish]
    El canguro tiene Mamá? / por Eric Carle ; traducción de Teresa Mlawer.
      p.   cm.
    Summary: Presents the names of animal babies, parents, and groups; for example, a baby kangaroo is a joey, its mother is a flyer, its father is a boomer, and a group of kangaroos is a troop, mob, or herd.
    ISBN 0-06-001110-6
    1. Animals—Infancy—Juvenile literature. [1. Animals—Infancy. 2. Spanish language materials.] I. Mlawer, Teresa.
QL763.C3718 2002   2001051545
591.3'9—dc21   CIP
                                                                  AC

  2 3 4 5 6 7 8 9 10
❖
First Edition

TIENE MAMÁ?

Por Eric Carle

Traducción de Teresa Mlawer

rayo

HarperCollins*Publishers*

¡Sí!

El **CANGURO** tiene mamá,
como tú y como yo, ¡igual!

¿El león tiene mamá?

¡Sí!
El **LEÓN** tiene mamá,
como tú y como yo, ¡igual!

Y la jirafa, ¿tiene mamá?

¡Sí!
El **PINGÜINO** tiene mamá,
como tú y como yo, ¡igual!

Y el cisne, ¿tiene mamá?

¡Sí!
El **CISNE** tiene mamá,
como tú y como yo, ¡igual!

¿*El zorro tiene mamá?*

¡Sí!
El **ZORRO** tiene mamá,
como tú y como yo, ¡igual!

Y el delfín, ¿tiene mamá?

¡Sí!
El **DELFÍN** tiene mamá,
como tú y como yo, ¡igual!

¿El cordero tiene mamá?

¡Sí!
El **CORDERO** tiene mamá,
como tú y como yo, ¡igual!

Y el oso, ¿tiene mamá?

¡Sí!
El **OSO** tiene mamá,
como tú y como yo, ¡igual!

¿El elefante tiene mamá?

¡Sí!
El **ELEFANTE** tiene mamá,
como tú y como yo, ¡igual!

Y el mono, ¿tiene mamá?

¡Sí!
El **MONO** tiene mamá,
como tú y como yo, ¡igual!

¿Y todas las mamás quieren a sus hijitos?

¡Sí! ¡Sí! Por supuesto que sí.

Todas las mamás quieren a sus hijitos,
igual que la tuya te quiere a ti.

¿Sabes qué nombre reciben los padres, las crías y los grupos de animales que aparecen en este libro?

Canguro: El bebé canguro es una **cría**. Su mamá es una **hembra** y su papá es un **macho**. Un grupo de canguros recibe el nombre de grupo o **manada**.

León: El bebé león es un **cachorro**. Su mamá es una **leona** y su papá es un **león**. Un grupo de leones forma una **manada**.

Jirafa: El bebé jirafa es una **cría**. Su mamá es una **hembra** y su papá es un **macho**. Un grupo de jirafas es una **manada**.

Pingüino: El bebé pingüino es un **polluelo**. Su mamá es una **hembra** y su papá es un **macho**. Un grupo de pingüinos forma una **colonia**.

Cisne: El bebé cisne es un **polluelo**. Su mamá es una **hembra** y su papá es un **macho**. Un grupo de cisnes es una **bandada**.

Zorro: El bebé zorro es un **cachorro** o **cría**. Su mamá es una **zorra** o **raposa** y su papá es un **zorro** o **raposo**. Un conjunto de zorros es un **grupo**.

Delfín: El bebé delfín es una **cría**. Su mamá es una **hembra** y su papá es un **macho**. Un conjunto de delfínes es un **grupo**.

Oveja: El bebé oveja es un **cordero**. Su mamá es una **oveja** y su papá es un **carnero**. Un grupo de ovejas es un **rebaño**.

Oso: El bebé oso es un **osezno**. Su mamá es una **hembra** y su papá es un **macho**. Un conjunto de osos es un **grupo**.

Elefante: El bebé elefante es una **cría**. Su mamá es una **hembra** y su papá es un **macho**. Un grupo de elefantes es una **manada**.

Mono: El bebé mono es un **bebé** o **cría**. Su mamá es una **madre** o **hembra** y su papá es un **padre** o **macho**. Un grupo de monos es una **tribu**.

Ciervo: El bebé ciervo es un **cervato** o **gabato**. Su mamá es una **cierva** o **hembra** y su papá es un **ciervo** o **macho**. Un grupo de ciervos es un **rebaño**.

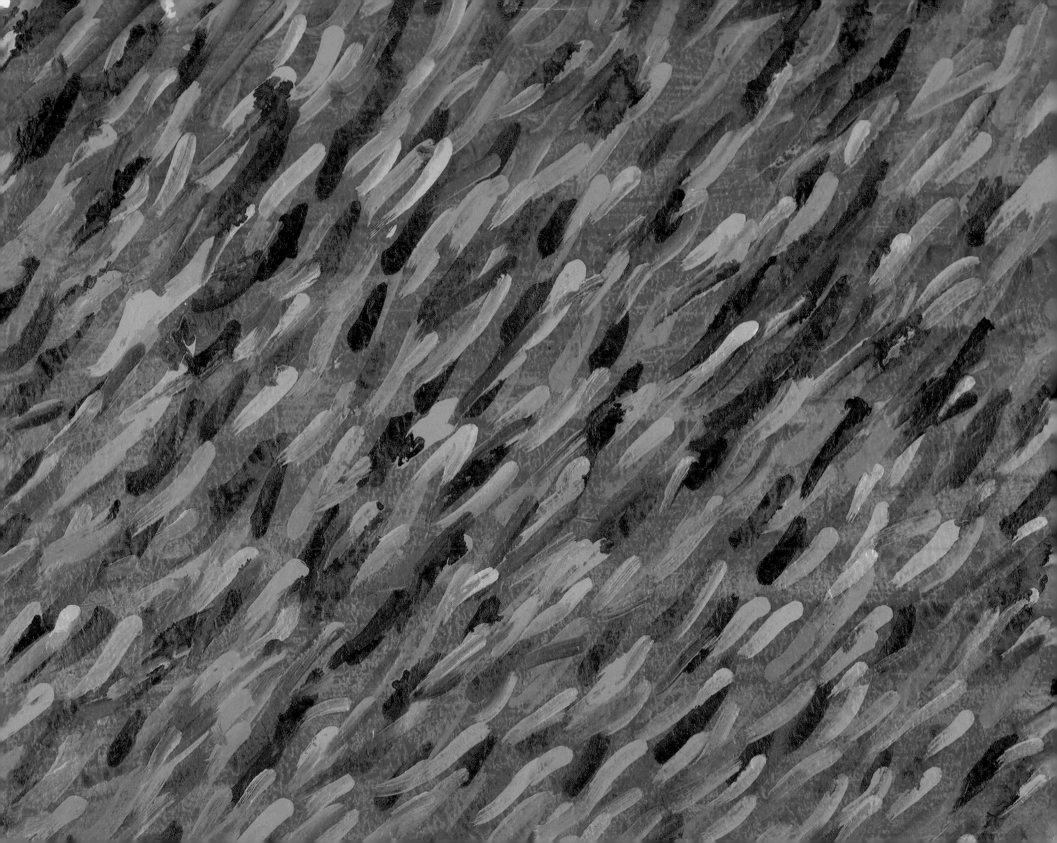